KB089911

풍
경

풍경

서동균 디카시집

작가

봄, 여름, 가을, 겨울의 다양한 풍경을 어른과 아이의 눈으로
바라본다.

초록 햇살을 품고 가는 애벌레를 바라보는 아이들의 모습처럼
울음보가 터지기 직전 소녀의 모습처럼
빈 공간에 덩그러니 놓여 있는 벤치의 모습처럼
현실과 동화가 중첩되는 순간을 이야기한다.

2021년 여름,

저자 서동균

─
차
례
─

시인의 말

제1부 봄

014   봄
016   계단
018   얼굴
020   연등
022   풍경 소리
024   고요
026   뛰뛰빵빵
028   딸기잼
030   항아리
032   징검다리
034   탑 쌓기

제2부 여름

038   졸졸졸

040   청계천

042   담쟁이

044   항해

046   조개 구이

048   모닥불

제3부 가을

052   연어 잡이

054   가을 감

056   호박

058   예인

060   어선

062   야경

064   방파제

066   기차

068 질주

070 배

072 갯벌

074 나리분지

076 비행기

078 노이슈반슈타인 성

080 절벽

082 약수

084 갈매기

제4부 겨울

088 낙엽

090 가로등

092 숫눈

094 겨울 의자

096 얘들아

098 자전거

100 달고나

102 눈사람

104 콘서트

106 성탄절 트리

108 얼음낚시

110 한강

112 흔적

114 골목

116 손바닥

118 용오름

120 조명

122 가을

124 드므

126 사선에서

해 설

128 근원적 시선으로 담아낸 풍경의 속살 _ 유성호

제1부 봄

봄

쉿!

봐봐, 움직이잖아

꿈틀꿈틀

개똥쑥 같은 그늘에서

초록 햇살을 품고 가는 애벌레야

계단

얼음이 꽁꽁 얼어

모래를 뿌렸던 계단

목화솜 같은 봄볕에

습한 기억이 뽀드득 마르고

햇살이 깡충깡충 뛰어오른다

얼굴

불같이 화난 얼굴

팝콘 같은 매화꽃이야

붉으락푸르락 올라온 꽃봉오리

아그데아그데

툭 터질 것 같아

연등

딱정벌레 등껍질 같은 연등이

법당 앞마당에 일렬로 걸려 있다

박새 한 마리

강중강중

징검다리 삼아 건너간 속세

풍경 소리

바람에 찌렁찌렁한 풍경 소리는

해녀가 물질하고 지르는 '호오이'

직박구리 한 마리 횡으로 날고

천년 사찰 대웅전 계단에

성게 같은 모래 한 알 밀려왔다

고요

책갈피 같은 밤이

두터운 지붕에 내려앉는다

담죽을 그린 마당

걸대에 걸린 불빛이

밤과 낮 사이를 잡고 있다

뛰뛰빵빵

마시멜로 같은 빌딩숲

뛰뛰빵빵

씽씽 달리는 종이 자동차

고양이 강아지 친구들이

동화책에서 나온다

딸기잼

밭이랑을 폴짝폴짝 넘나들며

플라스틱 상자에 가득 담은 딸기

설탕을 듬뿍 넣고 끓이다

한참을 휘젓다 보면

빙그레 올라오는 미소

항아리

고추장 된장 간장
항아리에 담긴 손맛이
장독대에 가지런하다
애기똥풀 민들레가 치근대는
살강 위의 그릇들

징검다리

소금쟁이 다리 같은 징검다리

돌 하나에 봄

돌 하나에 여름

돌 하나에 가을

돌 하나에 겨울

탑 쌓기

언니 하나

나 하나

쌓아 올리는 우리 바람

이 다음에 커서도

몽돌처럼 도란도란 살자

제2부 여름

졸졸졸

풀벌레가 물어 간지러운

맨다리를 긁으며

졸졸졸 길을 걷는다

올망졸망 뒤뚱뒤뚱 따라나서는

거위 같은 강아지

청계천

깡마른 하천에 물이 흐른다

두터운 덮개를 벗고

파란 하늘 구름을

수면에 띄운 청계천은

물장구치는 개구쟁이

담쟁이

담장 너머 하얀 구름을 향해

땅바닥에 발을 다부지게 붙이고

양손을 펼친 초록 담쟁이는

힘껏 도약을 준비하는

높이뛰기 선수

항해

배가 스친 물결은

곧게 선 청새치 등지느러미

비린 밤을 밝히는

갑판에 켜진 조명이

초롱초롱한 눈동자로 빛난다

조개 구이

가리비, 키조개가
태풍같이 잎을 벌렸다
지글지글 타는 열정이
육지와 바다를
불타나게 잇는다

모닥불

별이 총총거린다

참나무 토막에 불을 지핀다

활활 타오르는 장작은

한여름 밤

이심전심 통하는 눈빛

제3부 가을

연어 잡이

남대천에 연어가 올라온다
미끄럽지 않게 목장갑을 끼고
이리저리 폴짝폴짝 뛰어다니며
은빛을 낚아챈다
야단법석이다

가을 감

이파리가 성근 감나무에 매달린

촘촘한 감은

어머니가 시집 올 때

뽀얀 볼에 찍은 곤지

가을 도화지가 붉게 물든다

호박

벽에 줄지어 쌓인 호박

우락부락 팔뚝 같기도 하고

심술궂은 얼굴 같기도 하고

만들다 퍼진 술빵 같기도 한

달콤한 마음

예인

엔진이 고장 나서

구조선에 끌려 포구로 간다

작은 파도에 흔들흔들

더 큰 바다를 보지 못한 마음이

밧줄을 팽팽하게 당긴다

어선

바다에 떠 있는

어선 한 척

깊은 곳에서 올라온

비릿한 냄새에

배가 흔들린다

야경

서울 성곽에서 바라본 야경

풀벌레가 잉잉거리고

가로등이

반딧불이처럼

수백 년 길을 비춘다

방파제

태풍이 휘몰아친 울릉도에

폭우가 쏟아지고

방파제가 거센 파도를 막는다

청록색 바다에 웅크린

걷잡을 수 없는 평온

기차

전주에서 서울로 가는 기차

디젤엔진 소리가

북면을 울린다

철컥철컥

갓테를 벗어나는 기다림

질주

차단벽이 설치된 고가도로는

에메랄드 빛 바다

유유히 헤엄치던

고래 등뼈를

곰치처럼 통과하는 자동차

배

저기 가는 배는

먼바다 붉은 노을

연안부두에 부는 바람이

젖은 부리로

시린 가슴을 쪼아 댄다

갯벌

질퍽질퍽한 갯벌

고무장화가 푹푹 빠진다

바지락을 캐다

여차하면 넘어지겠다

몸뚱이가 맛살처럼 뻣뻣하다

나리분지

경상북도 울릉군 북면
밭농사를 짓는 들녘이 한적하다
여름내 지천에 폈던 나리꽃이
한 낭쭝 무거운 꽃잎을
속살에 파묻은 나리분지

비행기

창공을 나는 비행기

멀리서 보니

활공하는 송골매다

자취를 감췄다가

시치미를 떼고 왔나 보다

노이슈반슈타인 성

바이에른 숲 속에 있는 성

나뭇가지 사이에

전설로 유유히 머문

백조 한 마리

절벽

절벽을 치는 바닷물

수천 미터 내려가는 수심이

능청스럽게 푸르다

다이빙하고 싶은 충동이

세차게 출렁인다

약수

졸졸 흐르는 약수는

나뭇잎 같은

동자승의 미소

투명한 마음이

돌확에 가득 담긴다

갈매기

영종도 바다에서

군무를 펼치는

수백 마리 갈매기는

파란 하늘, 하얀 구름, 갈색 갯벌에서

자유롭게 펄럭이는 깃발

제4부 겨울

낙엽

떡눈에 젖은 나뭇잎이

땅바닥에 딱 붙어 있다

사악사악

아침마다 빗자루로 주워 담는다

간밤에 꾼 꿈이 부대 자루처럼 불룩하다

가로등

눈발이 그치고

밤을 비추는 가로등은

마른 들판에서 놓던 쥐불

시린 가슴을 태워내는

적요

숫눈

오소리 청딱따구리가 잠든 밤에
소복하게 쌓인 숫눈
찔레꽃 향이 물든 아침이
듬성듬성 여름, 가을을 지나
겨울 꽃으로 피었다

겨울 의자

무척이나 긴 터널을 헤매다

빠져나온 꿈

가시덩굴에 할퀴고 피멍이 들고

문뜩 식은땀에 젖어 깨어보니

찬 눈 쌓인 의자 하나

애들아

애들아

여기 토기들이 있어

지난밤에 같이 놀던 녀석들이야

토실토실

토끼 꼬리 같은 아침!

자전거

눈이 펑펑 쏟아진 날
스테인리스 거치대에
자물쇠로 꽉 묶인 자전거
팔랑개비 같은 바퀴가
달리지 못해서 뜨겁다

달고나

손가락이 빠질 것 같은 겨울

소다를 듬뿍 넣어

풍선처럼 부푼 달고나

얼어붙은 겨울이

달콤하게 녹는다

눈사람

구멍 난 벙어리장갑을 끼고
눈사람을 만든다
섣달 그믐밤
아파트 단지 놀이터에서
뭉치는 이야기들

콘서트

고척 스카이돔 방탄소년단 콘서트
김.남.준. 민.윤.기. 김.태.형. BTS
카페에 응원법이 올라왔다
아미밤을 흔들며 목청껏 소리 지른다
사춘기가 한 뼘 자란다

성탄절 트리

서울광장을 밝히는

성탄절 트리는

겨울 숲

빼곡한 구상나무 사이로 들리는

첫눈 같은 캐럴 송

얼음낚시

요놈들, 하

한참을 들여다봐도

구멍 근처에만 오면

쏜살같이 내달리는 빙어

한나절 매달리다 폐장이다

한강

파노라마 렌즈에 담긴 한강

물결마다

조각조각 파랑을 품고 있다

강쇠바람에 파르르 떨리는 아가미

시원한 생명이 움튼다

흔적

물살을 헤치며
상류와 하류를 오가던 잉어
봄, 여름, 가을, 겨울
빈 몸뚱이 하나 남기고
한강이 되었다

골목

뉘엿뉘엿 넘어가는 해가

실루엣을 남긴 북촌

낮에서 밤으로 가는

골목을 보면

맞선을 보는 것 같다

손바닥

손바닥 같은 나뭇가지로

하늘을 가린다

시야에 꽉 찬 세상

허공에 미세 혈관이 돋는다

용오름

속초 앞바다가 용오름 친다

용왕님이 기침을 하셨나

별주부를 찾아오라고 하셨나

부글부글 펄펄 끓는

파란 바다 하얀 마음

조명

복어 배 같은 조명이

기둥에 한 아름 달려 있다

파란색, 분홍색, 하얀색

동글동글 부푼

무지개 빛 풍선

가을

덕수궁 돌담 아래 구르는 낙엽

나무에 꺽지게 매달리다

순간 놓쳐 버린 손

한 무더기 조각 주위를

서성이는 가을

드므

덕수궁 중화전 월대 아래에

드므가 있다

물로 가득 채워진 거울이다

화마(火魔)가 왔다가

귀면(鬼面)만 놓고 간다

사선에서

사선에서

빗겨가는 하늘

휘몰아치던 눈보라가

세상을 덮고

그대로 지평선이다

근원적 시선으로 담아낸 풍경의 속살

— 서동균의 디카시

유성호(문학평론가, 한양대학교 교수)

1. 디카시의 생성적 의의

그동안 현대시의 미학적 완결성은 여백의 미가 살아 있고 함축성을 갖춘 단시短詩 전통에서 구현되어왔다고 할 수 있다. 대체로 호흡이 짧고 서경과 서정의 결속을 도모한 사례들이 문학사의 최전선에 놓였던 것이다. 이러한 짧고 단아한 시법詩法의 정점을 지향하면서 응축과 긴장의 방법론을 충실하게 펼쳐낸 실천으로서 우리는 최근 '디카시'라는 장르를 힘있게 목도하고 있다. '디카시'는 말 그대로 사물에 대한 섬세한 관찰과 그로부터 얻은 감동을 갈무리하면서 그 결합의 순간을 '사진'과 '시'로 동시에 담아간 양식을 말한다. 그 안에는 사물의 구체성과 그에 대한 시인의 실물적 감각이 함께 담겨 있게 마련인데, 사진 안의 풍경과 그것에서 비롯한 순간적 점화(點火)의 기록이 말하자면 디카시인 셈이다. 이처럼 디카시는 사물의 아름다운 존재론을 한참 동안 들여다보면서 외적 관찰과 내적 침잠의 동시적 과정을 통해 아름답게 탄생한다.

우리가 읽고 보게 될 서동균의 디카시집 『풍경』(작가, 2021)은 사물의 모습을 오랫동안 관찰하고 사진으로 찍으면서 그 곁에 시인의 마음을 병치함으로써 구축된 예술적 결과물이다. 다시 말해 사물의 외관을 사진과 시로 모두 담아내면서 서정적 함축으로 그 순간을 열어 보인 것이다. 이러한 방법은 선명하고 참신한 이미지를 통해 사물의 본질에 육박해가는 역할을 하면서, 언어를 사용하면서도 언어의 명료성보다는 여백과 함축을 통해 언어 과잉의 시대를 반성적으로 성찰하려는 미학적 집념을 견고하게 지켜간다. 그 자체로 언어 과잉을 경계하려는 방법적 전략을 담고 있다고 할 수 있다. 이처럼 사진과 시를 동시에 찍고 쓰는 작업은 우주의 빽빽한 비밀을 '눈(사진)'과 '귀(시)'로 동시에 보고 듣는 일종의 멀티 예술의 형식을 띠게 되는데, 시적 언어가 다른 물질 형식과 결합하면서 이루어낸 '언어를 넘어서는 언어 예술'이 바로 디카시의 생성적 의의일 것이다. 이렇듯 사진이 시를 읽게 하고 시가 사진을 새삼 들여다보게 하는 '디카시'는 영상에서도 한 차원을 높이고 또 시에서도 한 차원을 높인 현대 예술적 성취라고 말할 수 있을 것이다. 근원적 시선으로 담아낸 풍경의 속살에 한번 다가가보도록 하자.

2. 봄날에 듣는 생의 화음과 역동의 고요

디카시집『풍경』은 사계四季를 순서대로 취하여 모두 4부 구성으로 편제되어 있다. 서동균 시인은「시인의 말」에서 "봄, 여름, 가을, 겨울의 다양한 풍경을 어른과 아이의 눈으로 바라"보면서 "현실과 동화가 중첩되는 순간을 이야기"하고자 한다고 이번 시집의 뜻을 밝혔다. 어린이의 언어로 말하되 가장 성숙하고 깊은 시선으로 사물을 바라보겠다는 의지가 그 안에서 분명하게 읽힌다. 다시 말해 서동균의 디카시는 어린이의 언어와 어른의 시선이 마치 동화와 현실처럼 결합하여 씌어진 특별한 세계라고 할 수 있을 것이다. 여기서는 각 부의 가편佳篇들을 균형 있게 뽑아 서동균 디카시의 미학적 고갱이로 해석해보고자 한다. 먼저 시인은 다양한 봄날의 사물 혹은 그네들이 어울려 있는 풍경을 정성스럽게 화폭에 담아냄으로써 시집의 첫머리를 연다. 시각적 화폭으로 존재자들의 한순간을 담아내면서도 한편으로 사진이 하는 일을 한편으로 시가 하는 일을 동시에 수행해간다. 그럼으로써 사물들의 미세한 존재 양상을 가장 천진하고 근원적인 언어로 채록해가고 있는 것이다.

쉿!
봐봐, 움직이잖아
꿈틀꿈틀
개똥쑥 같은 그늘에서
초록 햇살을 품고 가는 애벌레야
-「봄」 전문

바람에 쩌렁쩌렁한 풍경 소리는
해녀가 물질하고 지르는 '호오이'
직박구리 한 마리 횡으로 날고
천년 사찰 대웅전 계단에
성게 같은 모래 한 알 밀려왔다
－「풍경 소리」 전문

고추장 된장 간장
항아리에 담긴 손맛이
장독대에 가지런하다
애기똥풀 민들레가 치근대는
살강 위의 그릇들
－「항아리」 전문

'봄'은 보이지 않는 그늘에서 꿈틀꿈틀 기어가는 애벌레처럼
찾아온다. 애벌레가 "개똥쑥 같은 그늘"에서 햇살을 품은 것은
마치 "동화책에서 나온"(「뛰뛰빵빵」) 듯한 봄의 가능성이자 감
각을 보여주는 비유적 장치일 것이다. 어린이의 언어는 그 모든
풍경을 "쉿!/봐봐"라는 신호에 의해 견고하게 구축해간다. 그
런가 하면 바람에 쩌렁쩌렁한 풍경 소리는 해녀가 물질하면서
지르는 소리처럼 들려오기도 한다. 그 소리에 발맞추어 직박구
리 한 마리가 날아가고 풍경이 매달린 천년 사찰 대웅전 계단
에는 해녀의 심상에서 유추한 "성게 같은 모래 한 알"이 밀려와
있다. 사찰과 바다라는 두 공간을 횡단하고 결합하는 시인의 시
선이 우뚝하기만 하다. '항아리'를 제재로 삼은 마지막 작품에

서는 누군가의 손맛이 가지런히 장독대에 놓여 있는 장면이 포착된다. 시인의 눈에는 그것이 "애기똥풀 민들레가 치근대는/살강 위의 그릇들"처럼 다가오고 있는 것이다. 이처럼 '봄'은 서동균의 언어와 시선에 의해 때로는 "햇살이 깡충깡충 뛰어오른"(「계단」) 순간으로, 때로는 "몽돌처럼 도란도란"(「탑 쌓기」)하다가 갑자기 "툭 터질 것"(「얼굴」) 같은 "빙그레 올라오는 미소"(「딸기잼」)로 찾아온다. 생명 있는 것들은 이렇게 상호 의존적으로 서로 어울리면서 봄날의 풍경을 구성해내는데, 서동균 시인은 그네들이 어울려 있는 생의 화음을 예민하게 들으면서 언어를 넘어선 역동의 고요를 포착하고 있는 셈이다. 사물들이 수런대는 풍경을 통해 시인 역시 봄날의 자연 사물 안에 몸을 담근 것이다. 말할 것도 없이, 거기서는 언어가 숨을 멈추고 풍경이 육체를 얻어 발화하면서 시인으로 하여금 '침묵의 소리 sound of silence'를 듣게끔 해주고 있다.

여기서 우리는 어린이의 언어에 대해 잠깐 생각해본다. 어린이다운 마음으로 씌어진 작품들은 한결같이 어른과 어린이 모두 공감할 수 있게 쓴 것을 말한다. 이러한 작품의 독자가 꼭 어린이일 필요는 없다. 어린 시절을 지나 '어린이였던' 기억을 가지고 있는 사람들에게도 세상을 어린이의 언어로 표현하려는 의지가 남아 있기 때문이다. 그 안에는 세상에서 가장 근원적인 생각이 담기게 마련인데, 그것은 표면적이고 현란한 외양보다는 심층적이고 소박한 마음을 품는 쪽으로 나아간다. 서동균의 디카시는 이러한 속성을 구비하고 파생시켜가는 언어적 실체라고 할 수 있을 것이다.

3. 여름날의 청신함과 생명력

　다음으로 '여름'이다. 서동균 시인은 여름이 가지는 청신함과 생명력을 바라보고 써간다. 한시적이면서도 순간적 영원성을 보여주는 자연의 활력을 채택하여 생명끼리의 상호 연관성을 그려냄으로써 여름날을 장식하는 다양한 사물을 선명하게 형상적으로 소묘해간다. 그 안에서 시인은 매우 단단하고 능숙한 사생력과 감각의 구체성 그리고 의미 응집력을 구성해내는데, 마치 그네들의 손을 잡아주면 밋밋하던 세상이 갑자기 환하게 피어오를 것 같은 감각의 희열을 주고 있다. 그리고 여름날의 화려한 역동성이 거기에 하나하나 개입해간다.

　　　깡마른 하천에 물이 흐른다
　　　두터운 덮개를 벗고
　　　파란 하늘 구름을
　　　수면에 띄운 청계천은
　　　물장구치는 개구쟁이
　　　　　　－「청계천」 전문

　　　담장 너머 하얀 구름을 향해
　　　땅바닥에 발을 다부지게 붙이고
　　　양손을 펼친 초록 담쟁이는
　　　힘껏 도약을 준비하는
　　　높이뛰기 선수
　　　　　　－「담쟁이」 전문

별이 총총거린다
참나무 토막에 불을 지핀다
활활 타오르는 장작은
한여름 밤
이심전심 통하는 눈빛
- 「모닥불」 전문

　서울 도심을 횡으로 가로지르는 청계천은 한때 도로 아래로 흘렀지만 이제는 두터운 덮개를 벗고 지상으로 흘러간다. 하늘과 구름을 수면에 띄운 채 "물장구치는 개구쟁이"로 몸을 바꾼 것이다. 특별히 여름날의 청계천은 맑고 고운 물길이 청신함과 평화로움을 한껏 선사한다. 시인의 언어와 시선이 그 청신과 평화를 잡아낸 것일 터이다. 그런가 하면 '담쟁이'나 '모닥불' 같은 심상들도 여름날의 세목으로 등장하고 있다. 가령 담장 너머 구름을 향해 양손을 펼친 초록빛 담쟁이는 "힘껏 도약을 준비하는/높이뛰기 선수"로 비유되고 있고, 별이 총총거릴 때 활활 타오르는 참나무 장작들은 "한여름 밤/이심전심 통하는 눈빛"으로 안착하고 있다. 그렇게 시인의 마음속에 여름날의 자연 사물들은 "올망졸망 뒤뚱뒤뚱"(「졸졸졸」) 움직이고 한없이 "초롱초롱한 눈동자로 빛난"(「항해」)다.
　서동균 시인은 사물의 모습은 드러내고 자신의 마음은 은근하게 내보이는 작법을 한결같이 취하면서, 참신한 이미지군群을 통해 사물의 본질에 직핍直逼하고 육박해가려는 미학적 목표를 단숨에 성취시킨다. 물론 그것은 사물의 개별적 외관을 하나하나 묘사하면서 서경의 필치를 늘려가는 방법에 미학적 기본을

두게 된다. 그렇게 그의 디카시는 선명한 이미지를 통해 자연의
본체에 다가가려는 방법적 자각의 산물로 가뜬하게 태어난다.
아득한 존재론적 현기眩氣를 수반하는 감각의 차원을 지향하지
만 어느새 다양한 미학적 전율을 환기하는 과정을 배치하면서
시인은 가장 근원적인 여름날의 화려한 역동성 안에서 존재와
언어의 확산을 꾀하고 있는 셈이다. 여름날의 각별한 청신함과
생명력이 그 과정에서 이렇게 심미적으로 태어나고 있다.

4. 가을날의 평화로운 감각들

시인이 다음에 도달하는 '가을'은 문학작품 안에서 대체로
풍요로움과 소멸의 이미지가 중첩되는 계절로 등장하곤 한다.
한 해를 매듭지어가는 차가움의 감각과 함께 깊은 사색을 동반
하게도 해주는 '가을'은 그 점에서 우리로 하여금 우리 모두가
영락없는 유한자有限者라는 뚜렷한 자각을 선사해준다. 서동균
시인은 아득한 가을 풍경으로 하여금 삶의 어떤 정신적 경지나
태도를 비유하게끔 만들면서 감각의 밀도와 정신의 높이를 통
합적으로 구체화해간다. 그가 빼어난 시인인 것은 이러한 복합
적 역량 때문일 것이다.

이파리가 성근 감나무에 매달린
촘촘한 감은
어머니가 시집 올 때
뽀얀 볼에 찍은 곤지
가을 도화지가 붉게 물든다
－「가을 감」 전문

영종도 바다에서
군무를 펼치는
수백 마리 갈매기는
파란 하늘, 하얀 구름, 갈색 갯벌에서
자유롭게 펄럭이는 깃발
－「갈매기」 전문

　가을의 풍요로운 생명성을 함의하는 '감'은 이파리가 성근 나뭇가지와는 달리 촘촘하게 나무에 달려 "어머니가 시집 올 때/뽀얀 볼에 찍은 곤지"를 연상시킨다. 어느새 가을 전체가 도화지가 되어 감 빛깔처럼 붉게 물들어간다. 또한 영종도 바다에서 떼를 지어 군무를 펼치는 갈매기들은 "파란 하늘, 하얀 구름, 갈색 갯벌에서/자유롭게 펄럭이는 깃발"로 은유되고 있다. 모두 아름답고 선명한 이미지를 사진처럼, 그림처럼, 아름다운 서정시로 담아내고 있는 것이다. 거기에는 "나뭇잎 같은/동자승의 미소"(「약수」) 같은 것이 말갛게 어른거린다. 모두 가을 하늘의 아름다움을 배경으로 삼은 결과들이다.

태풍이 휘몰아친 울릉도에
폭우가 쏟아지고
방파제가 거센 파도를 막는다
청록색 바다에 웅크린
걷잡을 수 없는 평온
－「방파제」 전문

경상북도 울릉군 북면
밭농사를 짓는 들녘이 한적하다
여름내 지천에 폈던 나리꽃이
한 낯쭘 무거운 꽃잎을
속살에 파묻은 나리분지
－「나리분지」 전문

이번에는 울릉도 풍경을 동시에 담았다. 먼저 시인은 태풍이
휘몰아치고 폭우가 내린 울릉도에서 파도를 막는 '방파제'를 포
착한다. "청록색 바다에 웅크린/걷잡을 수 없는 평온"은 방파제라
는 존재의 결과일 것이다. 그런가 하면 경상북도 울릉군 북면에
서 "밭농사를 짓는 들녘"을 담아낸 잔잔하고 한적한 풍경은 나리
꽃이 "무거운 꽃잎을/속살에 파묻은 나리분지"로 확장되어가는
장면을 담아낸다. "깊은 곳에서 올라온"(「어선」) 시인의 마음이
번져가는 감각의 희열이 거기에 출렁이고 있는 것처럼 느껴진다.
이처럼 서동균 시인은 '가을'을 함축하고 암시하는 풍경들을
통해 생략의 미학을 구현해가는 단형 서정의 완결성을 지속적
으로 보여준다. 이는 앞으로도 쭉 우리 시단에 귀중한 창작 방
법이자 중요한 미적 전략으로 강렬한 시사점을 줄 것이다. 모든
것이 소멸해가는 가을날에 '말하지 않음'으로써 가을날의 침전
과 사색의 여유를 보여주는 이러한 작법이 우리가 잃어버린 아
우라Aura를 회복하는 유력한 방법으로 다가올 것이다. 거기에
완성도 높은 서동균 시인의 장인정신이 반영된 것은 말할 것도
없을 것이다.

5. 겨울의 소멸과 역설적 빛

마지막으로 '겨울'이다. 겨울날의 추위와 헐벗음과 스산함을 기조로 하면서도 시인은 역설적으로 겨울이 봄을 예비하는 때라는 것을 망각하지 않는다. 그래서 시인은 어둑함과 스산함을 통과하여 한결 투명하고 건강하게 모든 것이 나아가기를 바라는 마음을 우리에게 들려준다. 이때 서동균 시인은 인간에게 주어진 어떤 슬픔이 삶 가운데 소중하게 보존되어야 할 실존적 조건이라는 점을 힘주어 말한다. 나아가 다시 도래할 봄날의 기운을 당기면서 우리 인간의 궁극적 존재증명을 사진과 시의 결합을 통해 수행해간다. 아름답고 단단하고 지속적인 예술적 의장意匠이 미덥게 다가온다.

눈발이 그치고
밤을 비추는 가로등은
마른 들판에서 놓던 쥐불
시린 가슴을 태워내는
적요
– 「가로등」 전문

구멍 난 벙어리장갑을 끼고
눈사람을 만든다
섣달 그믐밤
아파트 단지 놀이터에서
뭉치는 이야기들

-「눈사람」 전문

사선에서
빗겨가는 하늘
휘몰아치던 눈보라가
세상을 덮고
그대로 지평선이다
-「사선에서」 전문

   눈이 그친 밤을 비추는 겨울 '가로등'에는 "마른 들판에서 놓던 쥐불"처럼 차가운 가슴을 태워내는 고요함과 평화로움이 있다. 아마도 시인의 맑은 눈길이 그러한 장면을 포착하게끔 했을 것이다. 또한 겨울날의 표상인 '눈사람'은 섣달 그믐밤에 아파트 놀이터에서 "뭉치는 이야기들"로 한없이 번져간다. 그러니 자연스럽게 "사선에서/빗겨가는 하늘"은 한결같이 눈보라가 세상을 덮은 채 뚜렷하게 부조浮彫되는 지평선으로 형식을 바꾸어가지 않겠는가. 시인의 시선에 "겨울 꽃으로"(「숫눈」) 내리는 눈발은 때로는 "찬 눈 쌓인 의자 하나"(「겨울 의자」)를 만들기도 하고 때로는 "빼곡한 구상나무 사이로 들리는/첫눈 같은 캐럴 송"(「성탄절 트리」)을 선사하기도 한다. 이처럼 추위에서 뭉클 피어오르는 역설적 희망을 자신의 시적 지표로 삼아가는 시인의 언어와 시선은 압축과 긴장의 감각을 통해 미적 선택 행위를 실천해가는 보폭으로 충일하다. 그리고 그 안에는 겨울의 소멸과 역설적 빛이 아름답게 새겨져 있다.

   서동균 시인은 사물에 빗대어 자신의 경험적 직접성을 노출

하고자 하는 욕망을 최대한 경계하면서 사물이 가지고 있는 본래적 속성을 언어로 충실하게 재현하고자 하는 의지를 보여준다. 이는 '사진'이라는 방법적 은유를 통해 이루어지는데 그만큼 사진과 관련한 자의식을 여러 풍경으로 보여준 것이다. 이러한 '시'와 '사진'의 결속은 사물에 대한 관조와 거리 유지 그리고 그 과정에서 지향해가는 삶의 지표를 유추하고 성찰하는 구체적 방법이 되어준다. 이는 색과 빛과 잔상殘像의 원리를 가진 사진에 대한 시인 특유의 예술적 감각을 보여주면서 그 이면에 우리 삶의 순간을 담아내는 서정시에 대한 지극한 마음을 알려주는 것이기도 할 것이다. 그렇게 퍼져가는 예술적 파문 속에서 우리 마음은 한없는 울림과 떨림을 경험하게 된다. 시를 먼저 쓰고 그에 어울리는 사진을 조합하는 방식이 아니라 사물에 내재한 형상을 찍어 문자로 재현하는 과정을 밟아간 그의 디카시는 사물에 내재해 있는 '시적인 것'을 시인이 정성스럽게 찾아냈다고 해도 좋을 것이다. 그만큼 사물 자체의 상상력을 중시하면서 황홀한 순간의 충만함을 착색해온 그의 디카시는 출중한 미학적 함량을 거느리고 있는 것이다.

6. 사물의 순간성에 바치는 헌시獻詩

두루 알다시피, '디카시'의 가장 중요한 속성은 재현의 역할은 최대한 사진에 부여하고 시는 다시 그것을 묘사하는 방법을 택하는 데 있다. 그럼으로써 사진과 시 가운데 어느 하나가 다른 하나의 종속물로 전락하거나 어느 하나가 다른 하나를 번안하는 데 멈추는 것이 아니라 그것들이 서로 대등한 수평성으로

친화하게끔 하는 데 예술적 목표가 있는 것이다. 물론 '디카시'라는 장르적 명명이 규정적 타당성을 얻는 한 그것은 엄연히 '시'일 수밖에 없을 것이다. 이 예술적 집성(集成)이 '사진집'이 아니라 '시집'인 까닭도 바로 거기에 있지 않을까 한다. 이러한 디카시에 대한 지속적 관심은 영상 매체 시대에 시적인 가치를 거듭 일깨우고 인간을 궁극의 원리로 이끄는 양식적 탐색의 결과가 되어줄 것이다. 속도전의 무모함과 소모적 열정으로부터 우리 모두의 인지적, 심미적 능력을 충실하게 복원해내는 데 필요한 경험적 시사를 얻는 데도 디카시라는 장르적 모험과 실천은 여전히 충실한 일조를 할 것이다.

이제 우리는 사진을 통해 예술과 역사의 순간을 미시적으로 정성스레 옮겨놓고, 그 옆에 가지런히 자신만의 서정시를 심어놓은 서동균의 이러한 결실이 우리에게 흔치 않은 울림과 떨림을 주지 않을까 기대해본다. 개별적으로 존재하는 사물들의 순간성에 바치는 헌시獻詩로서 이 시집은 아름다운 사물 풍경첩이 되어주는 동시에, 모어母語의 심미성이 도달한 고처高處를 보여주는 뜻 깊은 실례로 남을 것이다. 이제 우리는 순간적 감동과 선명한 이미지를 개성적인 영상과 언어 미학으로 담아낸 이번 디카시집이 여러 독자들로부터 사랑 받기를 기원해본다. 근원적 시선으로 담아낸 풍경의 속살을 낱낱의 결정結晶으로 보여준 시인의 성취에 또한 커다란 경의를 드린다. 디카시집 상재를 거듭 축하하면서 이번 시집의 성과를 딛고 넘으면서 서동균 시인의 여정이 더 넓은 지평으로 나아가기를 마음 깊이 바라마지 않는다.

풍경

2021년 9월 29일 초판 1쇄 인쇄
2021년 10월 7일 초판 1쇄 발행

지은이 | 서동균
펴낸이 | 孫貞順

펴낸곳 | 도서출판 작가
        (03756) 서울 서대문구 북아현로6길 50
        전화 | 02)365-8111~2 팩스 | 02)365-8110
        이메일 | morebook@naver.com
        홈페이지 | www.morebook.co.kr
        등록번호 | 제13-630호(2000. 2. 9.)

편집 | 손희 김치성 설재원
디자인 | 오경은 박근영
마케팅 | 박영민
관리 | 이용승

ISBN 979-11-90566-26-1 03810

값 12,000원